童話夢工場

漫畫大作戰

懶惰公主加油吧！

懶惰國

懶惰公主

人民統統都懶洋洋的，全不起勁。

水果店老闆，下午四時才營業，還把水果弄翻到地上……

整個市集，一點生氣也沒有，連貓偷了魚也不知道……

踏～踏～

父王！父王！
我有事與你
商量啊！

啪～

父王……你又在
午睡？天天都午
睡……唉～

懶惰國國王

還弄得皇宮
凌亂不堪！

乖女……
不用這麼
緊張！

傳統可以改變，不正確就要改！

神奇手鐲這麼方便，為什麼要改呢？

況且我們懶惰國每個人一出生，就會派發一隻神奇手鐲，這是福利啊！

還說什麼福利？根本就是縱容大家懶惰！

而且，神奇手鐲的力量只可維持一天！他們要天天施法才可維持美好景況！不動動腦筋學習，人人也變蠢啊！

我們要多動腦筋才會變得聰明～

如果不用神奇手鐲玩這個遊戲，真是有點難度啊！

答案在 p. 101

乖女！有些東西成為習慣就很難改變啊！

就像我每天習慣午睡 8 個小時，就很難睡少一點呢……

神奇手鐲這麼方便，怎會有人願意從新學習、發奮呢？

好！就由我這個公主開始，從今天起不再用神奇手鐲，還要到城外好好學習！

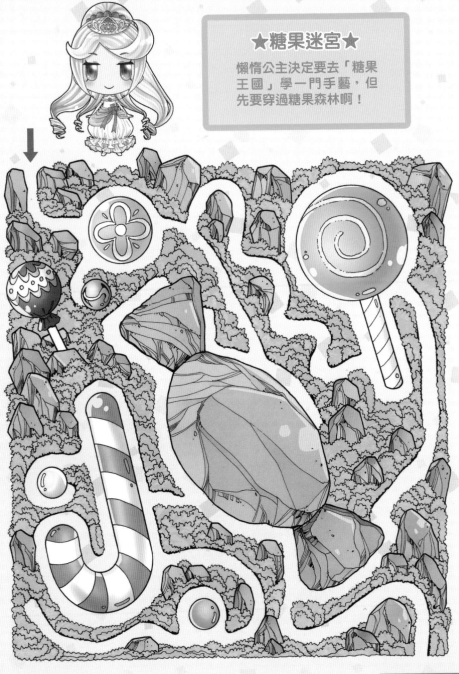

★糖果迷宮★

懶惰公主決定要去「糖果王國」學一門手藝，但先要穿過糖果森林啊！

答案在 p.101

都已經穿過了糖果森林了，但竟然還被樹林包圍，似乎已經迷路了⋯⋯

這裡人影也沒有一個，千萬不要有什麼猛獸出現啊⋯⋯

啊～這是什麼聲音？

伏～

伏～

啪~

不要吃我啊！

救命啊……他好像要吃掉我的耳朵啊……

我漢素是個出色的獵人，絕不容許你這隻食人怪在做壞事！

你快走吧！這裡交給我～

漢素

我本身就是迷了路，不知怎麼走啊！

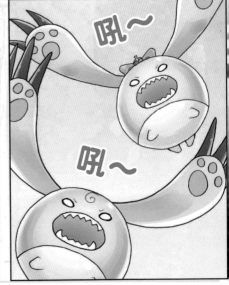

踏～～

葛麗葛麗葛麗特

變大魔法

葛麗特

看看我的魔法有多厲害吧！

叮～叮～叮～叮～

妹妹的魔法愈來愈熟練啊!

嘻嘻!葛麗特的善良魔法,一向也很出色呢!

叮~叮~叮~叮~

妹妹的魔法很厲害，我這個出色獵人也甘拜下風啊！

多謝你們救了我！

不用客氣，我叫葛麗特，是漢素的妹妹！

我是懶惰公主，希望到糖果王國學習一門手藝啊！

哈哈！既然是這樣，不如就到我們兩兄妹的糖果屋實習一下吧！

太好了！學做糖果應該很有趣呢！

整條街道都是各式各樣的糖果店，很漂亮啊！

對啊！這裡的糖果店分門別類，各有特色。

我很喜歡這些店鋪，它們的外型也很特別。

小時候，我和妹妹都很喜歡在這大街玩捉迷藏遊戲呢！

不如來玩個捉迷藏遊戲吧！不過，你是捉不到我們的！

★捉迷藏遊戲★

懶惰公主與漢素兄妹，都躲藏在糖果大街內，大家可以把他們 3 人找出來嗎？

答案在 p. 101

不過……我從來沒有製作過糖果……

放心吧！我和哥哥都是製作糖果的高手，會把所有技術傳授給你啊！

懶惰公主，這裡就是我們兄妹的糖果屋啊！

★找多餘遊戲★

以下 7 幅圖畫，其中 6 幅是可以拼合成一張完整的糖果屋，有一幅卻是多餘的。請把多餘的一幅找出來吧！

答案在 p. 102

很厲害啊！糖果的款式最少也有幾十款～

連包裝也很美觀呢！

這裡統統都是我們兩兄妹親手做的！

住上幾天，慢慢你就會懂得分別呢～哈哈～

要認識所有糖果的分門別類，也有一定的難度啊！

 _____  _____

 _____  _____

 _____ _____

★數糖果遊戲★

大家一起數數這
6 款糖果的數量,
各有多少呢?

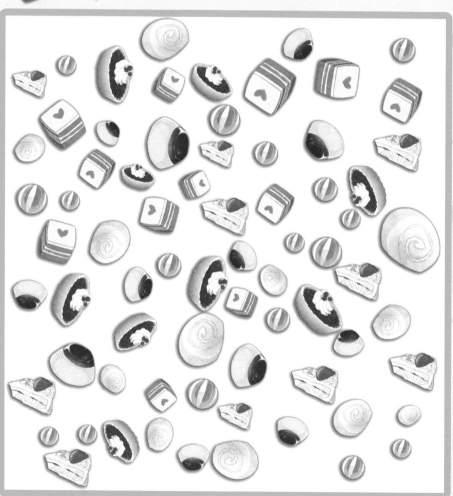

答案在 p. 102

今日是第一天工作，我要加油！加油！加油！

先把店內的糖果分好吧！

要不停攪拌……否則糖漿很容易黐底啊……

細細粒！細細粒！要把硬糖切成細小一粒也不容易啊！

切切切～

晚上

懶惰城

哎吙～我怎會這麼大意，沒提醒公主，有我們皇室血統的人，是絕對不可以努力工作的⋯⋯

因为……我們皇室人員的血、汗、淚水，都會把「懶惰特性」專開去的！

如果……一不小心就會把懶惰特性，傳播全個童話城啊……那就……

實在太危急了……好！睡個午覺，就找人把消息帶給公主啊……ZzZZZz……

懶惰公主，你的糖果製作有很大的進步啊！

但對比起你們兄妹的糖果，還有一段距離呢！

無論外形與味道，總是有些出入呢⋯⋯

好！我會繼續加油的！一定會成功啊！

可能是糖漿的熱度不夠，一定要趁熱搓弄啊⋯⋯

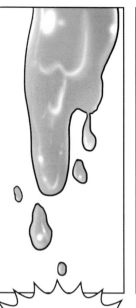

呼～糖漿很熱啊！懶惰公主不要怕！加油！

趁熱搓弄糖漿，就可以把裡面的空氣迫出來啊！加油！

真的很熱呢～

滴～

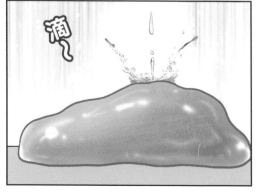

哈哈～終於今次製作的糖果，總算有點看頭了！

踏～踏～踏～

公主進步得很快，這些糖果看來很不錯啊！

我根據你們的教導及配方，製作了很多款式，希望小朋友會喜歡啦！

估不到，公主可以把我們糖果屋的大部分產品製作出來啊！

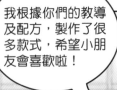

這個遊戲很困難啊！

★糖果配對遊戲★

以下糖果都是可以配對的，只有一個是不能配對，大家能找出來嗎？

答案在 p. 102

答案在 p. 102

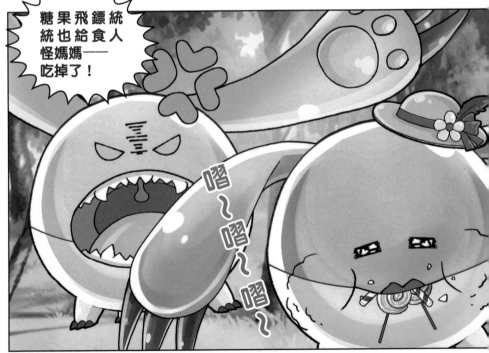

他們捧着大肚子逃跑了……

似乎他們的肚子不太舒服，才會走得這麼急啊！

怎樣也好！我們總算戰勝了食人怪，把他們擊退了！

但是……我親手做的第一批糖果，全都報銷了！

公主，不要灰心！我們可以再做一批，改過日期再送給小朋友。

咦？是懶惰國的信鴿，一定是國王擔心我的生活啊……

信鴿？

懶惰國的郵差叔叔很懶惰的，所以送信的任務多數也會交給信鴿做呢！

不得了！信裡面說，原來我們王室血統的人！血汗會傳播懶惰的啊！

我相信親手做的糖果已被感染了！

不幸中之大幸⋯⋯小朋友沒有吃到你的糖果！

但是，食人怪統統也吃進肚子了！

可能他們……已經變成兩隻巨型大懶蟲呢……

如果真的是這樣，也未妨不是一件好事呢！起碼不用到處吃人啊！

吃人是他們的本性，沒法改變，但現在他們有可能懶惰得活活餓死啊！

雖然食人怪是大壞蛋，我也不可以見死不救的！

就算是大壞蛋的生命，也是生命。

我要去看看他們有沒有事，才可以放心。

既然公主已經決定了，我們也沒有辦法，但萬事要小心啊！

如果狀況不許可的話，千萬不要太接近食人怪啊！

放心吧！

我豈不是隨時會被食人怪吃了？……怎樣也好，都要去看一下！

★找多餘遊戲★

以下 7 張拼圖其中 6 張是可以拼出一幅完整食人怪家的全景，把多餘的 1 幅找出來吧！

答案在 p. 103

父母都變了大懶蟲，沒有照顧孩子，他們的處境很危險啊！

小朋友，不要害怕！我是來幫你們的……

鳴～鳴～鳴～

究竟哪一條是我對抗的毒蛇呢？

★找毒蛇遊戲★
以下的毒蛇，只有一條是與懶惰公主對抗的毒蛇，大家能找出來嗎？

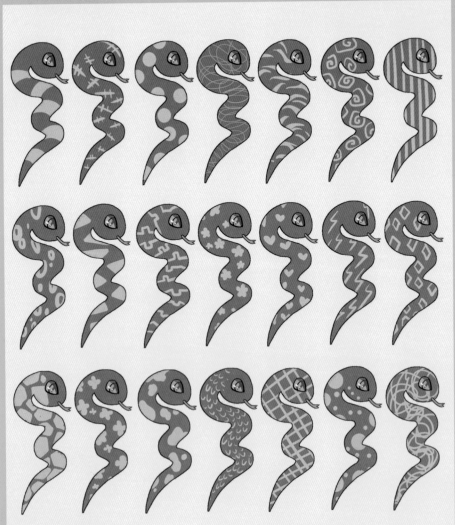

答案在 p. 103

知道了！你們都肚餓了，我想想法子吧！

唔……痛……痛……

雖然我在懶惰國從沒有下過廚，但烹飪是難不倒我的！

美味可口兒童湯來了！

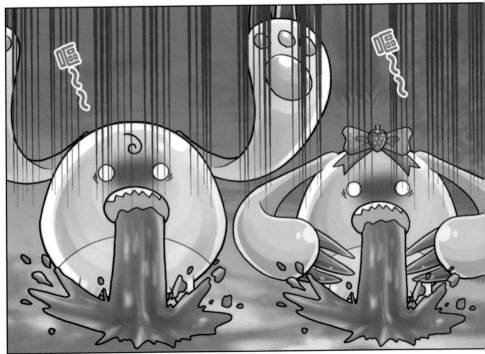

怎會這樣……我的廚藝真的這麼差？

嘭～～

我有信心改變你們的飲食習慣，放心吧！

明白了！他們都是吃人的，吃其他東西始終不習慣……

食人是不對的！你們由現在開始改變一下吧～哈哈～

大食人怪是沒法改變的，但小朋友應該可以啊！

只要他們嘗試過更美味的食物，就可以了～

玻璃鞋公主

玻璃鞋公主，我帶了很多美味食品來野餐啊～

哦～

小紅帽

有菜肉包、漢堡包、熱狗和三文治，統統都是用素菜做的。

你不說，我還以為真的是牛肉漢堡啊！

72

明白了！就像稻草人一樣，靠外形就可以瞞天過海！

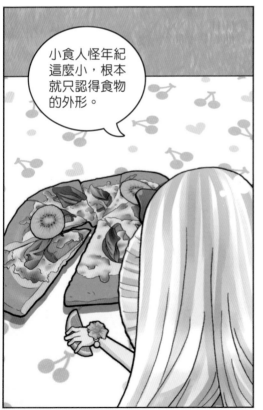

小食人怪年紀這麼小，根本就只認得食物的外形。

只要我把食物的外形，做到他們認知的外表，就可以了。

或者……慢慢令到他們變成食素者呢……

加油吧！就用我的美學天份拼製出令他們喜歡的食物……

加兩隻香蕉，營養豐富些……

當然少不了美味的麵包啊……

人形食物盤

哈哈～我太厲害了！果然色香味俱全，他們一定會喜歡啊！

★人形食物盤連線遊戲★

請把人形食物的各部
位，連線到正確食物處。

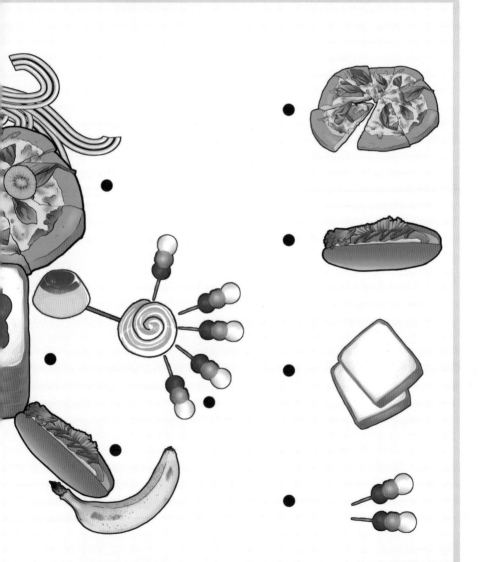

答案在 p. 103

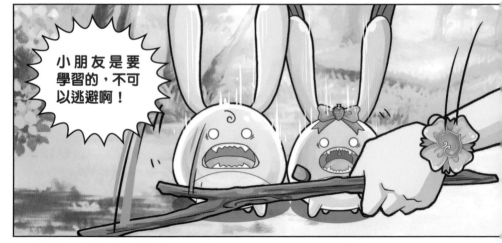

學習文字也很有趣啊!

恩蜜

煩蜜

茂蜜

甜蜜

事蜜

親蜜

繁蜜

嗶嗶⋯⋯??

★錯別字遊戲★

以下的詞語只有一個是對的，其餘統統是錯別字，請把正確的答案找出來吧！

答案在 p. 104

數字遊戲也很好玩啊！

★數字遊戲★

大家試試用這6個「9」字，來作出一條算式，最後答案是等於 100 的。

答案在 p. 104

除了學習語文和數學知識之外，體藝也重要，一起唱歌跳舞吧！

這幾天下來，和他們相處得很愉快，原來他們也有可愛的一面啊！

最令我鼓舞的是，他們已慢慢習慣吃素了。

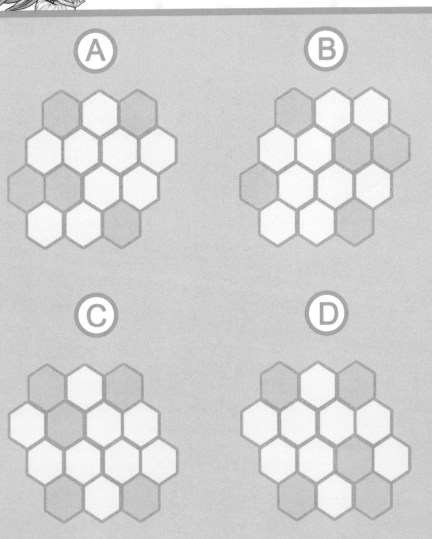

這幾天的相處，我們已經慢慢成為好朋友了！

我會記住曾經有過兩個食人怪朋友……

多謝你們啊……小食人怪！要好好記着素菜的味道啊……

懶惰公主，你真本事！竟然可以教導小食人怪吃素啊！

哥哥，你還說？她差點就成為食人怪的晚餐啊！

現在想起來……心還是卜卜跳，跳得很厲害呢！

怎樣也好，事情總算告一段落了！

公主，真的要好好休息一下啊！

但看來你還是心事重重呢……

我覺得自己很沒用，連學做糖果也弄得一團糟……

其實公主已經很努力，糖果也做得很好，食人怪事件只是意外而已。

始終是我不夠細心，連自己的汗水會令人變懶惰也不知道！

懶惰公主根本就是失敗的代名詞！

不要這樣！現在明白了，再做糖果時留意汗水就可以了！

我真的還可以再做糖果？

對啊！不要放棄啊！

當然吧！你忘記了當日他們排隊等你派糖果時的笑容嗎？

公主的努力其實是沒有白費的，最起碼已經令到小食人怪吃素吧！

小朋友會喜歡我做的糖果？

公主，玩個遊戲輕鬆一下吧！

★劃分糖果遊戲★

這裡有 10 粒糖果，請畫 4 條間隔相等的平行線，並且需要有 2 粒糖果在裡面。

答案在 p. 104

玩完遊戲心情好了很多，我會繼續努力學習做好糖果啊！

公主，你已經很累了，還是早點休息吧！

只要肯努力，一定會成功的……

到目前為止，我一次也沒有動用過神奇手鐲的力量，我要堅持啊！

一個月後

踏～踏～

父王，我很想念你啊！我終於回來了！我已經努力學得一門手藝啊！

公主，你已經成功證明了只要肯努力，沒有不能成功的事情啊！

看來我也要努力把午睡時間減到6小時吧！

哎吔～父王還是這麼貪睡啊！

我回來最重要的，是要告訴人民不勞而獲是不對的！

各位人民，由今天起我希望大家不要再習慣懶惰了！

雖然你的想法很好，但我怕他們已經習慣了懶惰啊！

不可以讓大家繼續懶惰下去，再這樣國家就沒有進步了。

想不到真的有人民把他們的神奇手鐲交還，而且人數愈來愈多……

他們嘗試努力工作、學習，從中找到前所未有的樂趣！

經過努力之後得到的成果，果然令人回味，人民也開始嚮往這種生活。

現在貪睡的國王也改變了很多，每日只午睡兩小時，國家亦打理得很好，大家的知識及智慧亦開始進步了！

相信很快懶惰國要改名了，雖然未可以改為勤力國，但可能會變成——開心王國！

~The End~

遊戲答案

p. 10-11 找不同

p. 13 糖果迷宮

p. 26-27 捉迷藏遊戲

遊戲答案

p. 31 找多餘遊戲

B

p. 41 糖果配對遊戲

p. 33 數糖果遊戲

 9 12

 12 10

 12 17

p. 46-47 捉迷藏遊戲

遊戲答案

p.61 找多餘遊戲

p.66 找毒蛇遊戲

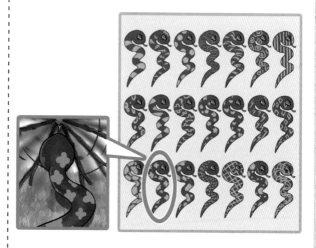

p.76-77 人形食物盤連線遊戲

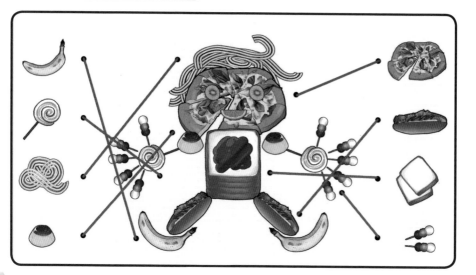

遊戲答案

p. 80 錯別字遊戲

p. 81 錯別字遊戲

p. 83 數字遊戲

$99 \div 99 + 99 = 100$

p. 86 蜂巢遊戲

A（因為 B、C、D 其實是同一個圖形，只要旋轉一下便知道。）

p. 95 劃分糖果遊戲

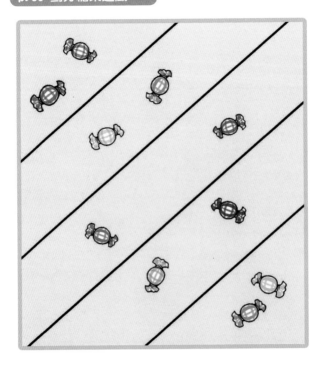

下 回 預 告

漫畫大作戰 Vol.6

· ·

小木偶匹諾曹看見同學們都有兄弟姊妹，而自己就只得一
人，深感寂寞。彎彎與卡本特努力再用木頭為他造了個妹
妹，可惜，未幾妹妹便被白蟻王后捉了！拯救妹妹的驚險
歷程開始了……

· ·

2020 年 冬 季 出 版 ！

妙探鬼靈精
Spirit Detectives

2020年書展矚動新作！

余遠鍠繼繪畫《大偵探福爾摩斯》、《神探包青天》後，再次重投推理世界！
作者何肇康大學主修認知科學，對人類行為及人性素有研究，
飽覽推理懸疑著作，為讀者帶來新視野、新衝擊！

第一回 《美術室的幽靈》

每逢深夜，牢牢上鎖的美術室裏，都會離奇地出現一個男人的身影，
然後又離奇地消失無蹤；種種繪聲繪影的傳聞，
使視覺藝術班的同學陷入恐慌⋯⋯

來自人氣女團的美少女周潔瑜才剛轉校到聖美心紀念中學，
就遇上了諸葛泳璇。泳璇不但是學生會成員，
心思慎密的她更素有神探之稱。受到視覺藝術班同學所托，
泳璇對「美術室的幽靈」事件展開調查；
小瑜在一場誤會之下，成為了泳璇的調查伙伴！

小瑜本來只想渡過安穩平靜的校園生活，卻被捲入如此事件，
禍不單行的她更在這時，遇上一隻失憶的古代鬼魂「阿鬼」！
阿鬼聰明絕頂，卻對現代的一切新事物完全不熟悉，
小瑜被這隻麻煩鬼纏上，苦惱不堪⋯⋯

小瑜的調查，就在泳璇的循循善誘、以及阿鬼的冷靜分析之下，
逐漸接近真相：美術室的幽靈，真身竟然是⋯？

密室謎團 × 校園日常

人氣美少女 + 高中女神探 + 古代聰明鬼 = 最鬼怪查案組合！

創作繪畫・余遠鍠　　故事文字・何肇康

經 已 出 版 ！

讀者對象：適合高小至初中

穿越夢工場

作者 耿啟文　繪畫 KNOA CHUNG

幽默文字，清新插圖，帶你穿越一個個經典名著世界！

① 茱麗葉決戰羅密歐

② 德古拉傳奇

③ 智鬥福爾摩斯

④ 遇見鐘樓駝俠

⑤ 玩轉梁祝

⑥ 拯救鐵達尼

⑦ 追捕羅賓漢

vol.1-7 經已出版！

人物設定　貓十字
主編　花生
繪畫　山羯
編輯　小尾
設計　SIUHUNG
製作　知識館叢書

出版　創造館
　　　CREATION CABIN LTD.
　　　荃灣沙咀道 11 至 19 號達貿中心 2 樓 201 室
電話　3158 0918

發行　泛華發行代理有限公司
　　　香港新界將軍澳工業邨駿昌街七號二樓

承印　美雅印刷製本有限公司
地址　九龍觀塘榮業街 6 號海濱工業大廈 4 樓 A 座

出版日期　2020 年 7 月
ISBN　978-988-74562-5-4
定價　$68
聯絡人　creationcabinhk@gmail.com

本故事之所有內容及人物純屬虛構，
如有雷同，實屬巧合。